AF397214

Sjene i svici

Predrag Mihajlović

Piščev prevod sa švedskog

©Predrag Mihajlović, 2018
Förlag: BoD - Books on Demand, Stockholm, Sverige
Tryck: BoD - Books on Demand, Norderstedt, Tyskland
ISBN: 978-91-7785-385-5

Sjene i svici

Innehåll

Ona, Rija

Sasvim numinozno! vrisnula je Rija. Za čije grijehe ja ispaštam?!

Bilo je tačno pet sati jednog zagušujuće toplog ponedjeljka popodne početkom avgusta kada je Rija posumnjala da je njen završeni i spremni da se pošalje izdavačkoj kući roman ukraden.

Tada je donijela sasvim razumljivu odluku da odmah ode do policijske stanice i prijavi ovaj za nju posve neshvatljivi zločin. Gnjevna i uspaničena - ove dvije riječi sigurno nisu sasvim dovoljne da u potpunosti opišu Rijino stanje duha - izletjela je iz svog renoviranog i sa ukusom namještenog dvosobnog stana koji se nalazio na četvrtom spratu i rezolutnim koracima, znojavog čela pretrčala preko ulice i uskočila u prvi autobus koji je naišao.

Jedva petnaest minuta kasnije izašla je iz njega i slično robotu krenula prema ulazu policijske stanice, pogođena prvim kišnim kapima. A onda je pred samim vratima naglo stala, okrenula se i prvo duboko udahnula a zatim zaustavila prvi taksi i odvezla se do svoga stana bez i najmanje geste koja bi mogla objasniti ovu brzu promjenu odluke.

Stigavši do svoje stambene zgrade prvo je zastala nekoliko minuta i pustila štedljivim, krupnim i hladnim ljetnim kišnim kapima da padaju na njena gola ramena i baršunastu kožu ruku i discipliniraju njene haotične misli. Prošla je prstima kroz mokru smeđu kosu a onda lagano otišla u stan, pala u svoj komforni, tamnoplavi somotni kauč i briznula u plač, tako nezaustavljiv, bez namjere da i sa najmanjim naporom eventualno zaustavi svoje gorke suze.

”Ima li ovome kraja?!” upitala se obrisavši suze.

Pokrila je dlanom lijevo oko i nastao je potpuni mrak.

"Nije li sada dosta? Nije li sada sve prevršilo mjeru?" upitala se glasno i ponovo obrisala suze i pokrila lijevo oko. "Samo prazna retorička pitanja u mraku!"

Slike zadnje tri godine koje je posvetila svojoj knjizi počele su prolijetati pred njom. Rija se sjetila svih onih bezbrojnih, najviše odgovarajućih riječi koje je tražila i izabrala. Također se sjetila svih onih bezbrojnih, neodgovarajućih riječi koje je bila upotrijebila a zatim izbacila iz svoga teksta; svih onih izbrisanih nepotrebnih dijaloga i upućivanja na njih. Kroz glavu su joj prošla i sva ona odstranjena i suvišna filozofiranja. Ono što joj je zadavalo najviše bola i vodilo do još više suza bilo je ipak njeno sjećanje na zadovoljstvo stvaranja kroz koje je prolazila i prošla, onaj jedinstveni osjećaj kada je najzad držala svoj gotovi rukopis u rukama.

"Da sve ponovo napišem?" pitala se glasno. "Zadovoljstvo stvaranja? Ne! Ne!"

Postojalo je međutim još nešto vrijedno što je ona spoznala u to vrijeme, nešto na šta nije pomislila baš tada kada je ležala na kauču i plakala, ali nešto o čemu je često razmišljala. Bila je to rastuća snaga privlačne moći mašte; jaka potreba da zadrži fantaziju čak i kada nije pisala: da gradi svoje alternativne svjetove, sa svim svojim intrigama i paranojama koje čine jednu uzbudljivu priču. To se moglo svakako činiti neprijatnim za nekoga izvan toga ali ne za nju. Nešto što je imalo svoje korijene u jednom događaju od prije skoro devet godina, nešto što je Rija jedino mogla savladati uz pomoć mašte.

"Spavaj, Rijo! Spavaj!" čula je svoj glas i ne zadugo poslije toga, kada je kiša počela najintenzivnije padati, pala u duboki san.

Da je zaspala tako rano moglo bi se objasniti ili kao njen bijeg od toga jasno neprijatnog događaja ili kao taktičko pripremanje za sutrašnji naporni dan, koji će biti još topliji i bez i jedne kišne kapi. Ili je to jednostavno mogla da bude iscrpljenost tijela prouzrokovana kratkotrajnom ali intenzivnom zabrinutošću kroz koju je prošla. Čak je to moglo biti da je gubitak njenog djela bila jedna neprijatna asocijacija na jedan mnogo bolniji gubitak u spomenutoj prošlosti. Ko zna koji bi od ovih razloga mogao biti pravi. I sama bi to sebi mogla teško objasniti.

Tog nastupajućeg već toplog i sparnog utorka ujutro Rija će shvatiti da na vlastitu ruku neće moći riješiti svoj problem. Da će biti prisiljena da se posavjetuje sa nekom značajno iskusnijom osobom. (Također će spoznati nešto značajnije u toku istog dana. Ali to se ne može sada pripovjedati, nego malo kasnije, kada bude najprikladnija prilika za to.)

Rija je imala mnogo poznanika u to vrijeme, ali jedva bliskih prijatelja. Zato se i moglo očekivati da jedina osoba koju bi ona mogla da kontaktira bude njen zemljak i dobri prijatelj, nezaposleni, rastrešeni i ponekad aljkavi, ali za razgovor uvijek spremni profesor Vasilije Sevastović, zvani profesor Vasko. On je bio jedini koji bi bio impresioniran da najzad vidi njen završeni roman. (Mogla je to u stvari biti još jedna osoba - i ona će se uskoro pojaviti - ali Rija nije imala neke spoznaje o svemu ovome baš u to vrijeme)

Šezdesetdevetogodišnjeg profesora istorije književnosti Rija je upoznala osam godina ranije na brodu za dugačku nordisku zemlju Švedsku. Bio je to dan kada je može biti sanjala o svemu ali ne i da se posveti pisanju lijepe književnosti. Bio je to dan kada uopšte nije namjeravala da bilo šta produktivno radi. Bio je to dan kada je napustila jednu brutalnu, noćnoj mori sličnu stvarnost, u nadi da spasi svoj život i povrati zdravlje, da vidi svijet u jednoj novoj i spokojnoj stvarnosti. Bio je to dan koji se čovjeku rijetko dešava više nego jednom u životu. Bio je to dan kada je vjerovala da će cijeli svoj život biti srećna što je samo živa.

"Bio je to dan kada sam stvarno vjerovala da ću tako osjećati ostatak života", napisala je u svoj dnevnik jednom prilikom nekoliko godina kasnije.

Ali će vremenom doći ono divno:

"Piši, Rijo! Piši! Stvori jednu drugu Riju, jednu Riju što je sve što ti nisi: neranjivu, neodgovornu, stalno na putu nigdje ... ali Riju koja piše!"

Tek će dolazećeg jutra, kada bude obukla novu svijetloplavu ljetnu haljinu na svoje dvadesetdevetogodišnje tijelo i kada bude popila voćni jogurt na vlastitu ruku začinjen medom, sjedeći u gradskom autobusu, shvatiti da njeno prijateljstvo sa profesorom Vaskom nije bilo samo na njeno zadovoljstvo nego i na korist.

Jadni profesor Vasko!!! Jadni mladi Svemir!!!

U autobusu, u neudobnom ali za refleksiju i reminiscenciju podsticajnom prevozu, gdje potreba za izolacijom od okruženja može lako biti zadovoljena, Rija je počela misliti na profesorovo neplodno ali uporno višegodišnje traganje za svojim u ratu bez traga nestalim sinom Svemirom. Profesor nije nikada htio vjerovati da je njegov sin poginuo u ratu. Smatrao je da je njegov sin bio mnogo komplikovaniji. Kada je jedva godinu dana poslije sinovog nestanka u snu dobio signale o tome da se njegov tada dvadesetogodišnji Svemir nalazi u ovoj zemlji, promijenilo se sve. Pod jakim uticajem signala iz sna o znaku života dragoga sina spakovao je odmah veliku putnu torbu, podigao svu svoju sramežljivu ušteđevinu i dao se na jedan neizvjestan i dug ali nadom ispunjen put.

Kada je Vasilije Sevastović poslije dugog puta vozom konačno uzeo brod za Švedsku započeo je duboko prijateljstvo sa mladom ali fizički i mentalno iscrpljenom Rijom. Ozbiljna mlada ženska osoba mu je prišla, dok je stajao na palubi broda, duboko potonuo u misli, i pitala da li možda govore isti jezik. Profesorov pozitivni odgovor dao joj je više one neophodne snage na neizbježnom putu prema sigurnoj zemlji.

"Jezik nije važan, Rijo", sjetila se šta joj je jednom rekao godinu dana poslije toga dana.

"Molim?"

"Želja za komunikacijom!"

"Želja za komunikacijom?"

"Želja za komunikacijom je ono bitno", rekao je klimajući glavom. "Ako nema želje za komunikacijom onda jezik ne igra nikakvu ulogu! Ili: ako postoji želja za komunikacijom onda jezik ne igra nikakvu ulogu".

”Onda jezik ne igra kako god bilo nikakvu ulogu”.

”Egzaktno!”

”Onda naša kommunikacija može isto tako da sliči pantomimi? Kao u pozorištu pantomime?”

”Naravno. Ako je tako potrebno”.

”Zar jezik nije ono najvažnije? Zar u početku ne bješe riječ?”

”Kada jezik postane ono najvažnije onda dobijemo samo iluziju. I prazninu”.

”Iluziju i prazninu?”

”Iluziju i prazninu - kako u našim ličnim tako i u društvenim relacijama”.

”Liči li onda sve na jednu uramljenu ali praznu sliku?”

”Egzatno! Izvrsno poređenje!”

”Hm. Čovjek se uči dok je živ”.

”Dobar izraz - mnogo bolji nego doživotno učenje.”

”Zašto? U čemu je razlika?”

”Prvi izraz označava narodnu mudrost. Drugi izraz označava manipulaciju”.

Tako je govorio profesor Vasko.

Tako će ga se Rija i sjećati.

Ovaj filozofski nastrojen čovjek je preuzeo i očinsku ulogu u Rijinom životu. S druge strane Rija je bila jedina osoba u njegovom životu koja je mogla slušati i doživjeti i kao zabavna i kao inteligentna njegova minuciozna izlaganja o naoko sasvim marginalnim temama.

"Rijo, svaki put kada se pojaviš u mom stanu nestane moj nezadovoljni dan", imao je običaj da kaže pri njenim najčešće nenajavljenim posjetama.

Profesor Vasko nije bio u moći raditi nešto konkretno. Potpuno je bio zauzet traženjem svoga sina. Tačnije rečeno bio je više zauzet mišlju o svom traženju sina nego što je to stvarno radio. Rija je razumjela to i bilo je sasvim normalno za nju da su njegova verbalna pražnjenja mogla dobiti formu neobično dugih, tužnih i ponekad čudnih monologa u kojima je mogao uputiti na interesantne veze između pojmova do kojih ona nikada ne bi mogla doći.

Sada, kada je sjedila u autobusu, Rija je priznala sebi da je profesor Vasko bio velika inspiracija u njenom književnom stvaranju. Kada bi se desilo da osjeti svoje pisanje kao čisti apsurd, profesor bi znao održati takve govore koji bi je naveli da uvidi kako se sve što se može od nekoga shvatiti kao besmisleno, može od nekoga drugoga smatrati kao sasvim svrsishodno.

Rijinu pažnju tada je na nekoliko sekundi privukao jedan putnik. Posmatrao je diskretno ali veoma pažljivo njene noge. Ona nije imala ništa protiv toga, njene su noge bile duge i lijepe. U ovakvim prilikama samo se pojačavao osjećaj njenog samopouzdanja. Nekada, kada se smatrala gotovo perfektnom, ovo joj i nije imalo nekakvog značaja. Sada međutim, kada se smatrala daleko od savršene, značilo joj je mnogo, i ona je bila svjesna toga.

Pokušala je podesiti naočale, ali kada je opazila da ih je zaboravila ponijeti prestala je misliti na nepoznatog obožavaoca njenih nogu. I taman kada je ponovo mogla posvetiti misli profesoru Vasku bila je još jednom distrahirana od strane jednog srednjovječnog čovjeka koji je zamolio da mu ustupi svoje mjesto. Čovjekove duge obrve su mu počivale na čelu kao lepeze, što je kod Rije počelo izazivati smijeh. Kada ga je upitala zašto bi mu ona trebala ustupiti svoj sjedište odgovorio joj je da mu je umro otac i da se ne osjeća dobro. Kada je sjeo pitala ga je kada se to desilo. Čovjek joj je odmahnuvši rukom odgovorio da je to bilo prije dvadeset godina. Nasmijala se bacivši pogled na njegove obrve.

Izašavši iz autobusa Rija je još jednom mogla priznati profesora Vaska jednim neprocjenljivim izvorom svoje kreativnosti, da je cijelo vrijeme njihovo prijateljstvo bilo njoj na korist, ne samo na zadovoljstvo, i da je ona veoma efektivno znala iskoristiti ovu činjenicu.

U kratkoj pripovjetci *U službi protivzakonitog kolekcionara - fiktivna verzija nestalog sina profesora Vaska* napisala je svoju prividnu verziju života nestalog Svemira. Rija nije mogla pomoći profesoru da pronađe svog sina. U stvari nije ni vjerovala da je bio u životu. Pripovjetka je i nastala iz njene želje da je njegov sin još uvijek živ.

To je bila nezavršena priča. Jednostavno zato što je Rija nije bila u stanju završiti. Nije mogla doći do nekog uvjerljivog završetka zato što joj se priča činila već završenom. Istovremeno je nedostajalo nešto do čega nije mogla doći. A šta bi to bilo što bi moglo značiti uvjerljivi kraj priče u konkretnom slučaju za nju? Slutila je da je to moglo biti ono minimalno prema čemu se ona mogla odnositi, ono minimalno sa čime bi se ona mogla identifikovati.

Ali šta?

Napisala je pripovjetku bez namjere da je ikada pokaže profesoru. I to nije bilo zbog rizika da bi on to mogao primiti kao neslanu šalu nego iz brige da bi on to mogao uzeti za ozbiljno i u svojoj desperaciji i frustraciji dobiti lažnu nadu o mogućnosti pronalaska svoga sina.

I

Sin se zvao Svemir - također i Petar, Marko, Gunar, Pablo, Emir, Žan, Huan, Ivan i tako dalje - i već dugo vrijeme je bio nestao.

Godine su prolazile, kao i nebrojana godišnja doba, a njegov se život nije kretao u dobrom pravcu. Sve je pokušao i sve je ostalo bez rezultata. Živio je u mnogim zemljama, a kroz još više ih je prošao. Selio se iz grada u grad. Sunce je sjalo, kiše su padale, snjegovi su padali, vjetrovi duvali a jedan crni oblak mu je neprekidno plovio nad glavom. Jeo je danas za sutra. A sutra je jeo za neki od budućih dana. Nabavio bi zimske cipele tek kada bi zima prošla. Ljeti se nije usuđivao baciti svoj stari, trošni kaput iz prostog razloga što nije bilo sigurno da li će stići nabaviti manje trošan prije dolaska sljedeće zime. Jedino što je mogao upotrebiti, jednako efektivno u sunčanim ljetima kao i po snijegom bogatim zimama, bile su jedne sunčane naočale; računao je da bi ga mogle spasiti da ne bude prepoznat od oca koji ga je tražio uzduž i poprijeko jedne zemlje, nije moga biti siguran koje.

Svemir se nije želio smatrati niti nestalim niti izgubljenim nego mrtvim sinom. On se u stvari i nije osjećao živim. Što mu je olakšavalo tešku situaciju: bio je mrtav i ništa mu se dakle nije moglo desiti.

Mrtvi su neranjivi, mislio je tako jednog dana, kada je sedam godina bilo prošlo, kada se sumrak spuštao i kada je, poslije kiše, sjedio na klupi parka jednog nepoznatog grada i udisao svježi vazduh.

Na istoj klupi je sjedio još jedan čovjek. Bio je obučen u dug, tamnosivi kaput a na glavi je imao tamnosivi šešir. Njegova odjeća je prije davala utisak da je bio stariji nego što je to njegovo lice pokazivalo. U rukama je držao omanju statuetu. Okretao je i obrtao, gledao klimajući potvrdno glavom u znak njene vrijednosti, dok mu je zadovoljni osmjeh počivao na usnama. Nije progovarao ni riječi ali su njegovi pretjerani pokreti ruku i razvučeni i konstatni osmjeh ukazivali na jasnu namjeru da želi na sebe privući Svemirovu pažnju.

Svemir ga je krišom posmatrao i to čovjek vjerovatno nije mogao vidjeti. S obzirom na Svemirovo tadašnje stanje svijesti, koje se u kratko moglo opisati kao frustrirajuće, teško bi se moglo zamisliti da bi dotičnog čovjeka karikirajuća gestikulacija mogla probuditi interesovanje kod njega, a još manje podsticaj na razgovor. Svemira je ustvari ometala čovjekova prisutnost. Nadao se da će ovaj smiješni i iritirajući gospodin uskoro otići a ne i dalje zauzimati drugu polovinu klupe na kojoj je on rado želio malo odspavati.

Da bi ga naveo da ustane i ode sa klupe Svemir je počeo buljiti u šeširdžiju jednim ako ne prijetećim a ono neljubaznim pogledom. Ali to nije imalo efekta. Ili je ipak imalo, pošto je nepoznati iznenada okrenuo glavu prema njemu *i rekao:*

"Vi mi izgledate nešto drugačije i to me u visokom stepenu čini zainteresovanim za vaše mišljenje o ljudima koje ste do sada sreli."

"Oni su bili mudriji od mene u svakom slučaju", odgvorio mu je Svemir.

"Je li? A kako to mislite?"

"Oni mogu kontrolisati svoje impulse i imaju moć zadržavanja mišljenja za sebe, čak i kada imaju mnogo da kažu."

"A možda je to tako da oni i nemaju šta da kažu pa samo glume da se mogu kontrolisati."

"Možda je i tako, ali to nije moj utisak."

"Ili je to možda tako da ste se vi naučili mnogo od njih i sada želite samo zadržati svoje mišljenje za sebe?"

Svemir je pomislio odgovoriti nešto u stilu da se on da bude gore nije naučio mnogo u posljednje vrijeme kada se iznenada pojavila druga muška osoba i time razgovor prekinuo.

Čovjek koji se pojavio je izgledao nešto stariji od šeširdžije. Međutim bio je nešto modernije obučen. Na sebi je imao dug i tanak crni kaput. Bio je nezakopčan i pod njim se mogla nazrijeti debela košulja boje kečapa. Svemir je poželio ovakvu odjeću.

Čovjek sa klupe se podigao, izvadio vrećicu iz džepa, stavio u nju statuetu i predao je čovjeku obučenom u crno. Zatim su se kratko došaptavali.

Kada je novopridošli najzad krenuo ovaj mu je rekao da će se zadržati i pokazao brzo palcem u Svemirovom pravcu. Čovjek obučen u crno je otišao a šeširdžija je ponovo sjeo na klupu klimajući glavom prema odlazećem. Zatim se polako okrenuo prema Svemiru i skoro saosjećajnim glasom rekao:

”Život vam ne ide dobro, mladiću?”

”Ne, ne ide.”

”Biće bolje - od danas.”

”Teško mi je da se takvom nečemu nadam.”

”Vi ste potrebni!”

”Jesam li ja potreban?”

”Da, jeste.”

Svemir je prvo bacio jedan oštar pogled na čovjeka a zatim rekao, blijedo se osmjehujući ali bez gorčine u glasu:

”To ja nisam dugo bio, potreban.”

"Jeste li vidjeli statuetu koju som maloprije držao u rukama?"

"Jesam."

"Ona će mi dati hljeb ostatak godine. A to je više od tri mjeseca, mladiću moj."

"Je li bila skupa?"

"Ja to stvarno ne znam i jebe mi se za to! Ali sam dobro plaćen, mladiću moj! Veoma dobro plaćen!"

"Kako se dolazi do takvih predmeta?"

"Ne baš lako, ne baš lako, ali je dovoljno ako čovjek dođe do dva, eventualno tri takva godišnje! I da princ bude zadovoljan! Ha, ha, ha!"

"Princ?"

"Princ! Princ! Ali o tom potom, mladiću!"

"I gdje se ja u svemu tome nalazim?"

"Ako želite biti dio ovoga, onda ćete trebati jednu kratku introdukciju u ovaj posao. Ali prvo ćete čuti jednu kraću pozadinu ove djelatnosti. Čućete jednu veoma zabavnu priču sada!"

"Zabavna priča je posljednje što sam sebi želio... ali u redu"

"Ako ste spremni da čujete to što vam sada namjeravam ispričati" čovjek ga je prekinuo, "onda treba da znate da neće biti moguće da odbijete ovaj posao poslije toga. Ni pod kakvim okolonostima! Jeste li razumjeli, mladiću?"

Svemir je klimnuo glavom.

Čovjek je puknuo prstima i rekao:

"Dobro!"

Sa takvim mislima i sjećanjima, obojenim blagom dozom grižnje savjesti, Rija je stigla do profesorovih vrata i zazvonila.

Kada je, posle pet minuta bezuspješnog zvonjenja, uvidjela da on vjerovatno nije bio kod kuće, uhvatila je desperatno za ručku na vratima. Na njeno iznenađenje vrata su se otvorila - vrata profesora Vaska nikada nisu bila nezaključana. Nekoliko trenutaka je stajala u nedoumici na pragu stana.

Sa mračnim predosjećajem ušla je zatim u stan i skoro pala u nesvjest kada je ugledala beživotno tijelo šezdesetdevetogodišnjaka kako sjedi u njoj dobro poznatoj velikoj, crnoj fotelji.

Oči su mu bile otvorene, kao i usta, i nije bilo sumnje da je bio mrtav.

Kada se povratila od prvog šoka ugledala je jednu otvorenu i praznu, tamno obojenu flašicu na stolu za dnevni boravak pred njim. Bio je to jasan znak da je njen dragi prijatelj oduzeo sebi život ispivši otrov iz te zastrašujuće flašice, što pod sasvim drugim okolnostima ne bi ni iznenadilo Riju, s obzirom na činjenicu da je njen bliski prijatelj prezirao kako život tako i smrt.

Međutim sada su munjevite misli sumnje o neobičnoj koincidenciji između profesorove smrti i nestanka njenog romana proletjele kroz glavu mlade spisateljice.

Ne, nije bilo potrebno puno nepažljivosti i nemaštovitosti da se ne posumnja u vezu između ova dva događaja, pomislila je mlada beletristkinja, ispunjena gomilom negativnih osjećanja i misli. Osim toga uplašila se, kada je ugledala jedan list papira na stolu, da će njen od juče zamršeni život dobiti još zamršenije forme. Bio je to jedan gusto ispisan tekst. Rija je odmah mogla prepoznati rukopis jadnoga profesora. Febrilno ga je počela čitati sa pomiješanim osjećajem gorčine zbog prisutnosti mrtvog čovjeka i nade u čudno rješenje noćnoj mori slične situacije u koju je nenadano upala.

”Da ubijem vrijeme, na kratko uobražavam sebi da se uključujem u jedan razgovor koji se odvija u mojoj neposrednoj blizini. Nastrojen sa potpunim odsustvom poštovanja za sva iskrena izjašnjavanja o korisnosti i zadovoljstvu šetnje izražavam iritirajuće komentare o njoj i njenim cijenjenim osobinama. I to radim na jedan način koji ne bi niti zahtijevao neku posebnu moć observacije ili istančano čulo vida. Međutim opažam da moji sagovornici blijede, da se ono uobičajeno rastojanje, koje se uspostavi pri spontanom razgovoru između osoba koje stoje na javnom mjestu, povećava. A mene ni najmanje ne brine kako se moja uloga u razgovoru razvija nego se nastavljam glumeći strasnost izjašnjavati o dotičnom predmetu razgovora kao da se radi o nečemu od krajnje važnosti. I tada se nadam da moje riječi dopiru do ušiju slušalaca kada kažem da ja dajem prednost aktivnoj nepokretnosti nad sterilnom šetnjom, i jednoj razumnoj dužini života nad životnim vijekom kornjače, uprkos mojem dubokom interesovanju i svoj simpatiji za tu milu životinju. Istovremeno osjećam da moj odglumljeni plamen postaje sve više stvaran, skoro bolestan, ako je riječ vanseban manje odgovarajuća. Srce mi udara sve jače a pluća rade pod sve većim opterećenjem. Uprkos tome tvrdoglavo nastavljam isticati moj stav o tome da šetnja doprinosi samo egoizmu, što je u suprotnosti sa tvrdnjom da ona pospješuje indvidualnost. Ima li šetač osim toga u društvu psa ne treba sebi uobražavati da se tako dešava sjedinjenje sa prirodom nego gledati na to kao znak egoizma, što se može objasniti kao polusvjestan bijeg od ljudi koji ne žele niti slušati niti biti bliski kao što to umije jadni i poniženi pas. Da, imati jednog ili više pasa pri ruci je jedini način običnog čovjeka da pokaže moć nad nekim ili nečim. Tako govor o ljubavi pada u drugi plan, tako govor o romantičnoj crti šetnje pada u drugi plan, tako sama šetnja pada u drugi plan. Uskoro gubim interesovanje da dalje razvijam svoje rezonovanje. I prije nego što napustim ovo malo društvo dodajem u zagradi da šetnja pripada sebičnom a ne romantičnom čovjeku.”

U sred tuge i razočarenja našla se sada lijepa Rija pred jednim strašnim nastupom gnjeva. Ovaj besmisleni tekst nije mogla doživjeti kao ništa drugo nego kao neslano i zlovoljno ismijavanje cijelog njenog fizičkog i mentalnog integriteta - potcjenjivanje njene inteligencije. I upravo u tom trenutku je ugledala nekoliko riječi napisanih na dnu iste stranice, što je probudilo njenu pažnju i ublažilo osjećaj gnjeva. Riječi su bile napisane sa još sitnijim slovima, sa drugom olovkom i sa sličnim ali apsolutno ne istim rukopisom. U ovim riječima, koje su se veoma lako mogle smatrati kao dva stiha izvučena iz neke pjesme, vidjela je tračak nade, zagonetku koja bi se trebala odgonetnuti. S jedne strane ih je doživjela napisanim od nekoga koji bi imao mnogo toga da objasni. A s druge strane bio je njihov sadržaj ispunjen nečim što je vapilo da bude bliže ispitano. Rija se osjetila izazvanom da na vlastitu ruku riješi nastalu komplikciju. Zgrabila je ovaj za nju važni papir, savila ga i strpala u tašnicu a zatim bacila jedan dug pogled na preminulog profesora.

Posmatrala je njegovo inteligentno čelo. Izgledalo je bezbrižno i mlado. Njegova otvorena usta nisu davala utisak straha nego su prije bile oblikovana u jedan blagi osmijeh. Njegove otvorene ali ugašene oči kao da su željele zadržati jednu staru ali sada u sjećanju prizvanu živopisnu sliku djetinjstva. Donja vilica mu je izgledala baš muški. Više nije mogla izdržati niti da posmatra niti da bude u blizini profesorovog beživotnog tijela.

Jedva minutu kasnije napustila je njegov stan, polako silazeći niz stepenice, bojeći se da ne bude viđena od susjeda, uprkos punoj svijesti o tome da nije imala nikakvog razloga da bude uplašena.

Napolju, na suncem obasjanoj i dobro uređenoj ulici ponavljala je ranije pročitane zagonetne stihove:

> "Shvatih da sam išao
> odande do ničega"

A onda je jedna misao o profesorovom nestalom sinu munjevito proletjela Rijinom glavom. Udarila se dlanom lijeve ruke u čelo i vrisnula na samu sebe:

"Besmisleni tekst!? Dva zagonetna stiha!? Glupa i bezosjećajna Rijo! Zar nisi odmah mogla shvatiti da je profesor Vasko smatrao stvari oko sebe beznačajnim, da je bio ironičan i sarkastičan! Da se kretao između depresivne ozbiljnosti i gorke šaljivosti. Zar nisi mogla uvidjeti da je jedino važno za njega bio njegov sin? Zar nisi mogla razumjeti da je on shvatio da je on ovdje došao uzalud? Njegov životni žar, njegova volja za životom je nestala kada je shvatio besmisao svoga života.”

Besmisao? Besmisao? Možda pogrešna riječ, ko zna šta je smisao života. Prije da je mislio da više nije bio potreban ovdje, da je bilo vrijeme da se ode, da je praznina bila jedino što je osjećao, pomislila je kada se uspjela primiriti.

Da li je profesor mislio svojom glavom kada je oduzeo sebi život? pitala se ona dalje.

”Misli svojom glavom, Rijo”, znao joj je profesor reći.

Sjetila se kako je jednom čula kako stvari mogu otići u pogrešnom pravcu kada se slijepo vjeruje u savjete i preporuke.

Profesor joj je prepričao jednu kratku epizodu iz romana *Hazarski riječnik*, koju je napisao književnik Milorad Pavić osamdesetih godina prošloga vijeka o mladom srednjovjekovnom monahu Longinu koji je tako rado želio vidjeti nestareću svjetlost. Monah je čuo za jednog čuvenog sveca koji je u svom životopisu pisao da se takva svjetlost može vidjeti kroz post. Longin je naručio prepis životopisa od jednog pismenog čovjeka koji je - pošto je volio praviti izmjene u izvornim tekstovima - promjenio pet dana posta u pedeset. Mladi monah je započeo veliki post već prvog dana poslije pročitanog prepisa, ali je umro upravo kada je pedeset dana posta isteklo.

"Da li je profesor mislio svojom glavom kada je oduzeo sebi život" pitala se naglas. "Želim vjerovati da jeste."

II

*A **onda je nepoznati** počeo pričati o neobičnoj ideji mladoga čovjeka.*

"Sve je počelo prije trideset godina. On je princ, ne kraljević, ali ipak princ. Čezne za nečim tajanstvenim što bi ga moglo učiniti posebnim u njegovim vlastitim očima. Nije dovoljno samo biti princ. Osjeća gorčinu. Nema, što se još više čini gorkim, nikakvu ideju kako da nađe nešto originalno, nešto mračno što će obasjati njegov život; nešto što će ga uravnotežiti, nešto na granici između prijatnog i neprijatnog, između spokoja i uzbuđenja. A onda dolazi dan, koji će pokazati početak onog velikog, izvanrednog: jedna umjetnička izložba,

koja se održava pod pokroviteljstvom njegove rođakinje, jedne vremešne princeze.

Princ leti tamo, onako ravnodušan, sreće svoju rođakinju koja ga pretstavlja svojoj omiljenoj umjetnici, kojoj se princ svidi. Ona ga poziva u svoj dom. Tamo mu pokazuje nekoliko svojih skoro završenih slika, koje ne namjerava u dogledno vrijeme izložiti. Noć završe u slikarkinom udobnom krevetu.

Sljedeće noći se princ ušulja u njenu kuću i ukrade jednu od njenih nepoznatih slika, vjerovatno najbolju s obzirom da je bio prisiljen tješiti je cijeli sljedeći dan. Iste noći, dakle dan poslije krađe slike, princ se vrati u svoju zemlju i dolazeće dane provodi na selu, gdje renovira jednu od svojih zaboravljenih i zapuštenih kuća, i to radi zbog svoje neobične ideje. Ukradena slika biva prva nikad objavljena umjetnina u njegovoj planiranoj protivpravnoj kolekciji.

Na sličan način uspjeva nabaviti još nekoliko umjetničkih dijela za relativno kratko vrijeme: jedan muzički komad, par filmskih scenarija, nekoliko skulptura i Vilerovih goblena.

Što je zbirka veća to je on više ushićen svojim poduhvatom. Sve više uživa provoditi vrijeme među svojim vrijednim predmetima a sve manje u traženju novih. Zato se odlučuje da pronađe nekoliko sposobnih osoba koje bi, uz naknadu, izvršavale posao za njega. Ove osobe mogu dalje izabrati najviše dva asistenta. Mene su izabrali prije pet godina, na isti način kao što sam ja tebe izabrao sada, i išlo mi je dobro."

Čovjek je uzeo kratku pauzu u pripovjedanju a zatim nastavio:

"Sada sam ja sve stariji i sporiji pa trebam dobru zamjenu. Ti ćeš dakle nastaviti moj posao, predavati tvoje pronalaske čovjeku koga si malo prije vidio. On, i samo on, ima direktan kontakt sa princem. Da, da, dobro si razumio, princa ja nikada nisam vidio. I začudo nisam ni imao neku posebnu želju da ga sretnem."

"To je fantastično", reče Svemir.

"Da, stvarno."

Opazivši da ga je čovjek pogrešno razumio Svemir reče:

"Osvjetliti život mrakom!"

"Šta?"

"Taj mi se izraz sviđa!"

"Aha! Na njega sam sam došao", reče šeširdžija, ponosan na samog sebe.

"Zvuči poetski i privlačno."

"Privlačno u svakom slučaju."

"Moraju li to zaista biti samo neobjavljeni i neizlagani predmeti? U čemu je razlika?"

"Da, moraju", odgovorio je čovjek.

"Ali zašto? U čemu je razlika?" upitao je Svemir sa određenom iritacijom u glasu. "Može li mi se to objasniti, ovdje i sada?"

"Evo objašnjenja koje ja u stvari nisam namjeravao da ti dam, pošto bi to trebalo biti očigledno: ukrade li se slika ili skulptura poslije njenog objelodanjivanja, onda znaju svi kako one izgledaju što omogućuje da budu tražene kada nestanu; rizik da budemo otkriveni je veći. Roman, muzički komad, dramu ili filmski scenarij je moguće ukrasti prije njihovog objavljivanja, u suprotnom slučaju su kopirani i tako dostupni svima - original gubi na vrijednosti. Jednostavno, zar ne?"

"Da ... ali ja nikada ranije nisam trebao misliti na taj način."

"Od sada ćeš trebati?"

"Sad razumijem."

"Dobro!" reče čovjek.

Svemir je klimnu glavom.

"Dobro? ponovio je čovjek, ovaj puta upitno, i ispružio ruku Svemiru.

"Dobro!" odgovorio je Svemir i rukovao se sa njim.

Ti, Nenad

Godina je ... da, u svakom slučaju je početak dvijehiljadite.

Kišan je i prilično topao petak naveče u augustu i ti ulaziš u svoju omiljenu kafanu. Tamo srećeš bliskog prijatelja. Sjedi i pije pivo. Kada te ugleda, zadovoljno naručuje još dva. Lično nisi manje radostan, znaš da ćeš sljedećih sati biti oslobođen svih nepotrebnih banaliteta, da će bujica riječi i smijeha da teče. Ti znaš da je to posebna noć za tebe i da si značajno euforičniji nego što obično jesi u ovakvim prilikama. Diskutujete sport, vijesti, žene i masu drugih tema dok pijete i slušate muziku s starog ali dobro funkcionišućeg džuboksa.

Upravo sada čuješ: *Veronika, Veronika, gdje je tvoj plavi šešir?*[1]

Bacate povremeno poglede po lokalu, istovremeno komentarišući manje, više zgodne tridesetogodišnje ili četredesetogodišnje žene što se iznenada pojavljuju i nestaju noseći svoja pića, da bi se kasnije ponovo pojavile. Sasvim je prirodno da vam je rijetko koje od tih lica nepoznato, vi ste ovdje svakog petka naveče - ti si u stvari mnogo češće ovdje. Desi se ponekad da razmijenite pokoju frazu za pozdrav sa najpoznatijima od njih, nazdravite, počastite ili budete počašćenin pićem. Držite se ipak svoga društva, inače postoji rizik da vas neki od njih ugnjave.

Ponekad se dogodi i nešto nepredviđeno, kao naprimjer da neko dobije lakši srčani udar i posle brze ambulantne pomoći nastavi sa zabavom; ili da neko unese zmiju unutra, strašno lijepu ali zastrašujuću, zbog koje se neizrecivo uplašiš i kaješ što si upravo te večeri ili poslijepodneva uopšte došao tu; ili se neko

---

[1] *Veronika, Veronika, var är din blåa hatt?* pjesma Švedskog pjevača Kornelisa Vrejsvika

pojavi komično obučen u neku istorijsku ličnost, izazove paljbu smijeha koju minutu a onda se utopi u masu i bude zaboravljen. U svakom slučaju sve to ima sporadično značenje i veoma kratkotrajnan efekt na tebe i tvoga druga.

Veronika, Veronika, gdje je tvoj plavi šešir?

Tvom prijatelju Fabijanu je četrdeset i tri godine - četiri je godine stariji od tebe. Izdržava se prodajom hrane sa roštilja na trgovima, oženjen je, ima dvije kćerkice i nije manje zadovoljan životom od drugih. Fabijan tako spretno pije pivo da nikada ne treba obrisati pjenu sa brkova. Igra stoni tenis zapanjujuće dobro, ali mu je želja za tom igrom splasnula u posljednje vrijeme. Sada igra sportsku prognozu i to sa takvom strašću da je i tebe uspio zainteresovati za ovaj prilično uzbudljivi i iščekivanjem ispunjeni aktivitet, ali te nikad ne uspijeva dobiti da igraš.

Upravo sada ne razgovarate o igrama na sreću, nego ti rado želiš znati razlog njegovog neočekivanog odlaska iz kafane kada ste posljednji put ovdje sjedili. On objašnjava da je zaboravio zaključati radnju i istovremeno se čudi da ti to nije tada rekao. Odgovaraš da je zamislivo da ga nisi čuo, ili da si to možda zaboravio, mada ti pripadaš, što on zna, onima što imaju neobično dobru memoriju i da si ponosan na ovu činjenicu. Tada te on podsjeća da sve više piješ u posljednje vrijeme, da je čuo da si ovdje skoro svakodnevno i po cijele dane, da je to signal da bi trebao malo spustiti loptu i razmisliti nad svojim alkoholnim navikama. Ti se smiješ bez glasa jedno kraće ili duže vrijeme. Zatim ispijaš čašu i daješ znak konobaru da donese još dva piva.

Veronika, Veronika, gdje je tvoj plavi šešir?

"Hladna! Hladna! dodaješ povišenim glasom, a onda primjećuješ jednu prerano ostarjelu srednjovječnu ženu, što sjedi sama za malim stolom blizu izlaznih vrata, smješka se i gleda u tebe i tvoga prijatelja. Obaraš pogled i glumiš da si zauzet razgovorom sa Fabijanom, ali on prijateljski odvraća ženi pogled. Čini se kao da žena ima namjeru da ustane, da vam priđe i pravi društvo.

Pokušavajući da pojačaš utisak o vašoj zauzetosti pitaš Fabijana da li je čuo vic o Edipu i Sizifu, koji si ti čuo od svoga najboljeg prijatelja prije više od dvadeset godina i za koji je on tvrdio da je sam na njega došao.

"Nisam, Nenade, ispričaj mi ga!"

Guantanamera, guajira Guantamamera,[2] dolazi sada iz džuboksa.

"Edip naiđe slučajno na Sizifa jednog toplog dana. Prvo ga posmatra jedno duže vrijeme a zatim mu kaže: Sizife, čuo sam mnogo o tebi, ali nikada nisam vjerovao da je to istina. Mislio sam da su ljudi imali namjeru poslati neku specijalnu poruku kroz čisto izmišljenu priču o tebi. Sad vidim da je sve istina i pitam se zašto to radiš. Prije nekoliko trenutaka si dokotrljao kamen na vrh ovoga brda, i taman kada si to uspio kamen se skotrljao u njegovo podnožje. Zatim si ga ponovo uskotrljao, ali se dogodilo isto. I to absurdno će izgleda da potraje. Šta je smisao svega toga, Sizife? Zašto to radiš? Prvo ga je zadihani i znojavi Sizif nervozno gledao

---

[2] Patriotska pjesma sa Kube, napisao José Fernández Diaz 1929

nekoliko trenutaka a zatim mu prilično mirno odgovorio: Edipe, idi i jebi svoju mater!"

"Ha, ha, ha! Ovo ti je bilo dobro! stvarno odavno nisam čuo ovako dobar vic! Moram ga nekome sutra ispričati. Ha, ha, ha!"

"Zamisli da je ovo smislio moj najboji prijatelj prije više godina. Kažem, sumnjajući, da je on to morao čuti od nekoga."

"Zašto?"

"Inače bi to bilo prvi put u mome životu da sam čuo vic od njegovog izvornog stvaraoca. I to je možda i zadnji put. Osim toga nisam nikada sreo nekoga ko je čuo vic iz prve ruke."

"Da, zaista! Nikada na to nisam pomislio, ali sada kad to kažeš, nisam ni ja imao takvu priliku. Ko su ti ljudi što su došli na sve te viceve sa kojima smo svi odrasli? Nepravično je prema njima, trebalo bi im odati priznanje za to. Vicevi nas zabavljaju, a i prava su umjetnost, zar ne?"

"Slažem se sa tobom, zamisli da se svi saberu u jednu knjigu!"

"Slično junačkim pjesmama tvog naroda, zar ne?"

"Da, tada narod dobije priznanje za to, zar ne?"

Vidiš da vam se žena ipak približava, dugog tijela, duge kose i obješenog stomaka. Pita da li je slobodno sjesti za vaš sto. Fabijan odgovara potvrdno. Ti klimaš potvrdno glavom.

Žena sjeda za sto, namješta nezakopčanu, šarenu, vremenom izlizanu košulju i gleda svojim ljubaznim, tačnije rečeno ljubavlju ispunjenim očima u tebe. Tvoju pažnju na trenutak odvlači konobar dok stavlja flašu piva, koju je Fabijan naručio za nju, na sto.

Vidiš i čuješ kako vam žena pokušava nešto ispričati, samo je problem da ona ne uspijeva uspostaviti vremenski redoslijed u svojoj priči, djelimično zbog uticaja alkohola, djelimično zbog drugih razloga. Srećom nekoliko gutljaja piva čine da žena uspijeva sabrati ostatke intelektualne moći i kaže da je podsjećaš na njenog bivšeg muža. Zatim pita da li pripadaš njegovoj naciji, a kada to negiraš, počinje pričati o svom životu sa njim.

I sada dobijate priliku da čujete jednu epizodu iz njenog bračnog života, nekoliko nezaboravnih dana godišnjeg odmora negdje sa Jadranskog mora.

Ali ti ne slušaš. Kažeš: ”Vidimo se! Vidimo se!”

I to izgovaraš pri punoj svijesti i mogao bi tačno objasniti šta misliš sa tim, ako bi te neko pitao.

Ali niko te ne pita.

Gledaš u prijatelja koji izražava žaljenje da si odbio ženinu ponudu za ples. Ne uspijevaš zadržati nezadovoljni izraz lica i eksplodiraš u euforičan smijeh, što samo podstiče nastavak vašeg sjedenja i ispijanja. Naručujete dvije pice i kao i obično zanosite se nostalgičnim pričama o jednom izgubljenom vremenu i jednoj nestaloj zemlji, koje (možda!) nikada ponovo neće biti na zemaljskoj kugli.

Sasvim neočekivano nastaje tišina u lokalu. Teško ti je razlučiti da li je stvarna ili samo dio tvoje uobrazilje dok pratiš plavi, ili bolje rečeno raznobojni dim što te okružuje i gradi jedan samostalan entitet samo za tebe. U tome entitetu konstruišeš svoje vlastito vrijeme i mjesto, gdje možeš praviti poređenja sa nekoliko riječi plasiranih u zagradu, zaštićenih od postojećeg neprijatnog konteksta, a zatim isječenih i za nekoliko trenutaka priljepljenih u jedan drugi kontekst. Tamo vrištiš, smiješ se, plačeš, voliš, mrziš, jedeš, piješ i ljubiš na tvoga starog ja uobičejeni način. Tamo osjećaš život i živiš do kraja. Tamo život nije san, nije ispunjen špekulacijama, konstrukcijama i metafizikom, nego otjelotvoren dobrim starim vremenima.

Jednako neočekivano zagrade nestaje i ti vidiš svoje lice u ogledalu. Okamenjeno, bez suza; ne osjećaš olakšanje posle nestanka umišljenog plača. Istovremeno se buka vraća u lokal ili u tvoje na nekoliko trenutaka zaglušene uši. Sve je kao i ranije. Samo se broj gostiju povećao; neki od njih plešu. Čak neko želi sa tobom plesati. Kažeš da ne znaš plesati. I stvarno ne znaš, što je olakšanje za tebe.

”Plesati ne znam.”

”Ali ja znam”, kaže Fabijan.

Tvoj prijatelj zna, što ti omogućava da budeš ostavljen na miru i divno pijan. Tako divno pijan da se sasvim bezbrižno možeš vratiti svojoj zagradi i nastaviti plakati, nastaviti biti nostalgičan, poetičan i patetičan. Slobodno možeš biti ljut, najzad možeš optuživati sebe ili druge za svoju lišenu zrelost, poluodraslost i oslabljenu sigurnost u sebe i svoj ugroženi ponos, kao i tvoj nedostatak hrabrosti i sve drugo što nisi znao cijeniti prije nego što si izgubio.

Ti, koji želiš vjerovati da je sve samo privremeno ružan san, bježiš u zabavu i izbavljenje u plakanju. Ipak često osjećaš lični raskol. S jedne strande rado se želiš vidjeti načitanim, mislećim bićem, a sa druge strane se vidiš frustriranim. Nikada nisi stigao uraditi nešto kako treba: upravo kada misliš da si nešto naučio pokazuje se pogrešnim i bivaš prisiljen da naglo ostaviš to naučeno i da učiš nešto posve drugo; i taman kada se srodiš sa novim znanjem i ono se pokaže pogrešnim.

Počeo si da shvataš da moraš učiti cijeli život i da nikada nećeš nešto ostvariti. Plačeš i žališ se da se neko ili nešto cijelo vrijeme igra sa tobom, i pitaš se da li ti stvarno egsistiraš ili je tvoja volja samo iluzija.

Posjedujem li ja vlastitu volju? Ili sam samo bezvoljan? Da, znaš da ti nedostaje volja da upotrebiš svoju volju. Sjediš nepomičan i puštaš da te rijeka vremena nosi prema ničemu.

Sjećati se, tvoja je jedina aktivnost. Sjećaš se jednog drugog vremena, jednog drugog mjesta, jednog lokala koji može biti liči ovome sada, ali se ipak razlikuje od njega u barem jednom pogledu:

Daleko od toga da je bio jednoličan kao ovaj; ispunjen je bio pravnicima, ljekarima i nastavnicima, kao i studentima, građevincima, variocima, taksistima i nezaposlenima. Sjećaš se da na to nisi mislio tada, uzimao si novo za gotovo. Ali sada uviđaš pravu vrijednost toga. Kao što obično biva, lako je biti pametan poslije svega.

Da, tamo su se čuli svi mogući glasovi, artkulisani i neartikulisani, tamo se diskutovalo sve od mikrokosmosa do makrokosmosa, sve između neba i zemlje. Tamo je vladao savršeni haos, a oni rijetki sukobi mogli su se riješiti sami od sebe ili uz pomoć samo malo dobre volje za kratko vrijeme. Bilo je to mjesto potpune slobode i ti znaš da nikada neće biti kao što je bilo, da to mjesto nikada neće ponovo iskrsnuti i znaš … znaš da ti uljepšavaš prošlost jednu mrvicu… Ne, ne misliš da je uljepšavaš.

A onda izranja demon.

Započeti razgovor se odvija u potpunom mraku. Liči na radio dramu koju istovremeno slušaš i u kojoj učestvuješ. Ne vidiš kako ti se demon prijateljski smiješi i tako te pokušava umiriti. Čuješ kako kaže da dolazi sa mrkvom - hoće reći s darom - da se pita da li imaš kakvih želja, da ih on rado želi ispuniti, da te želi izbaviti, oblikovati, osvijestiti. Ti osjećaš demonovu veličinu ali ne i onu snagu koju je ranije posjedovao.

Ti: Mrkva mi ne treba. Baci je svojim zečevima, ha ha ha!

Demon: To bi mogla biti veoma ukusna mrkva, prijatelju moj! Zečevi su dobili svoje.

Ti: Ti nisi moj prijatelj! Đavole!

Demon: Znam da imaš sve predispozicije da budeš omiljen - ali koliko prijatelja imaš? Jednog? Ovoga koga srećeš samo ovdje, što sjedi sa tobom baš koliko mu odgovara a zatim te ostavi, jer ga neko mnogo važniji čeka. Trebao bi se pitati zašto je to tako.

Ti: Briga me za to! Ne marim…

Demon: Ti ustvari mariš, ti se plašiš da nikada nećeš imati ono za čim čezneš i da ćeš imati samo ono što već imaš. Ništa više! A u stvari nemaš ništa!

Ti: Meni ništa ne nedostaje! Mariš? Plašiš? Kažeš li to samo zbog jeftine rime. Možeš rado nastaviti sa njušiš, žmiriš, ječiš, moliš, patiš …

Demon: Priznaj svoju slabost i da trebaš pomoć.

U potpunom mraku, osjećajući žeđ podižeš hladni flašu piva prema ustima ali pivo ne teče iz nje iako osjećaš da je puna. Pokušavaš demona razaznati u mraku i dati mu prijeteći pogled; uzalud, prisiljen si vratiti se neželjenom

razgovoru. Ipak osjećeš nešto što dugo nisi -
protiviš se!

Ti: A ti si kao preuzeo na sebe ulogu spasioca;
obavezu da me formiraš, da me osvijestiš!?

Demon: Jesam. Tvoja sam spasilačka služba!

Ti: Od tebe ne želim ništa! Pomoć najmanje!
Večeras te ne trebam! Čekam nekoga! Sutra se
možeš vratiti! Sutra! Jer sutra me nećeš naći, ha
ha ha! Sutra je ona tu. A ti ne, sotono!

Demon: Želja ipak imaš, zar ne?

Ti: Imaju ih svi! To znamo i iz iskustva i iz
fikcije koju smo čitali ili gledali. Ne potcjenjuj
moju inteligenciju!

Demon: Sve više riječi iz tvojih usta dolazi.
Tako dakle, nešto si mi postao mekši! Čvrsti
mogu duže držati jezik za zubima.

Ti: Samo zato što te se želim otresti!

Demon: U redu, reci jednu želju onda!

Pokušavaš još jednom ugasiti žeđ i ponovo ne
uspijevaš. Znaš da se demon poigrava s tobom
sa svojim natprirodnim moćima. To te čini još
inatnijim, demon može vidjeti visoki pritisak u

tvojim očima. Pretpostavljaš da on može vidjeti ono što ti samo možeš osjećati. Ali to što upravo sada osjećaš te čini jačim, a tvoj nevidljivi bič, koji si protiv sebe upotrebljavao, počinješ okretati prema demonu; polako ali sigurno postaješ superioran u odnosu na njega.

Ti: Ne trebam držati jezik za zubima. Sad imam sve - ona je rekla: "Vidimo se."

Demon: Došao sam na jednu želju u tvoje ime! Bićeš baš zadovoljan!

Ti: Ispunjenje tvojih želja praćeno je uvijek neželjenim posljedicama! Nisi ti ja! Tako dalekovidan nisam. Ni naivan, samo imam moć da progledam kroz prste, jer sam ljudsko biće, a ti si ipak demon.

Demon: Da, neželjenih posljedica će da bude. Imaćeš strah od pasa. Imaćeš strah od zmija. Imaćeš strah od letenja! Čak ćeš, poput djeteta, imati strah i od mraka. Jednom riječju, bićeš uplašen!

Ti: To sam već, uplašen! Sasvim jednostavno, uplašen!

Demon: Znam! Opusti se onda. Štete neće biti, ja odlučujem. Poželi nešto i opet si moj.

Ti: Dođi sutra! A tvoj nisam! Tu ništa ne možeš učiniti. Ja nisam čak ni svoj. Ni ja tu ništa ne mogu učiniti. Biću svoj, kada prvo budem njen. A biću, sve ostalo ostavimo slučaju.

Demon: U redu, ostaviću te sada na miru. U redu, puštam te. Sad kad misliš da ljubav sve rješava, vidim da se moram povući. Bit će zanimljivo sačekati i vidjeti kako će se ova ljubavna bajka završiti ovaj put, ha ha ha!

TI: Najzad!

Demon: Pobijedio si večeras!

TI: Ne znam da li sam pobijedio, ali znam da nisam izgubio pošto nemam šta da izgubim. Ja sam oslobođen onoga što se može izgubiti i zato ti nikada ne možeš pobijediti nego se samo nadati. A večeras ću dobiti sve. I to što ću večeras da dobijem je izuzetno. To više nikada neću da izgubim. Onda sam ja pobjednik a ti možeš da se prestaneš nadati.

Demon: Ali znaj da neću permanentno nestati. Mogu čak i dugotrajno nestati, ali prije ili kasnije, kada budeš najzadovoljniji i prekineš da cijeniš ono što imaš, i kada mene zaboraviš, ja ću da se pojavim, a ti ćeš da moliš za novu šansu.

TI: Znam da ću ja biti taj što će nestati, permanentno - za tebe. Ha ha ha!

Demon: Znaš vrlo dobro da sam te pratio tri godine i da ću to činiti i u nastavku, jer mi smo dvije strane iste medalje; mi smo jedno oko drugog spleteni, mi smo jednom drugom i promašaji i nadanja, jer ja se motam oko tvojih misli a ti biješ u mome tijelu. Bez tebe sam ja bez tijela i težine; bez mene si ti nepromišljen a to ne želiš stalno biti.

TI: Ti si bez tijela! Bez težine!

Demon: A ti si glup bez mene, prijatelju moj!

TI: Bolje glup a bez tebe, nego lud sa tobom!

Demon: Ja se hranim igrajući se sa tobom. Hranim se gledajući kako se mučiš od žeđi. Hranim se gledajući kako gubiš jedno nadanje za drugim, gledajući iznova kako dolaziš do uvida kako ništa adekvatno i relevantno ne znaš u životu.

TI: Ne želim ništa znati o tome adekvatnom i relevantnom u životu! Ne postoji životni smisao ako to nije besmisao. Besmisao je smisao života. Iza ove tvrdnje postojano stojim! Da, ni ljubav nije smisao života - sa ljubavlju je život redukovan na vječni trenutak zadovoljstva - dok čovjek živi. To je jedna ukusna uobrazilja.

Demon: Uzaludno pokušavaš da budeš površan. Oslobođen!

TI: Bolje imati dubinu a pokušavati biti površan nego biti površan a pokušavati doprijeti u dubinu.

Demon: Ipak ti ne dozvoljavam da odustaneš da budeš drugačiji, da budeš tražilac istine, da tražiš i prozireš.

TI: Ne, ne, to je moja vlastita volja. Ja sam odlučio da budem bez volje. Ti bi to trebao znati, oslabljeni i uskoro prognani demone!

Demon: Biti bez volje vlastitom voljom! To je nešto novo! Istovremeno ti dozvoljavam da budeš hedonista. Tada me najviše ignorišeš, i stvarno je lijepo vidjeti te u takvim prilikama, uljuljkanog u mlaku slobodu.

TI: Moju ličnost karakterišu različite osobine.

Demon: Dozvoli mi da stavim tačku na vlastitu rečenicu!

TI: Ta tvoja tačka nikad da dođe. Stavi je već jednom!

Demon: Uostalom gotov sam. Mogu izroniti bilo kad, bilo gdje i bilo kako ako te taj koga čekaš ponovo ostavi.

TI: Sumrak demona? Svitanje demona? Čuješ li? U mom slučaju mi se čini da je epoha demona prošla. Sada je moje vrijeme - mojih pet minuta je došlo! Sada dolaze dobre godine za mene! Više se nećemo vidjeti.

Razgovor je završen, vidiš kako ti demon maše za zbogom nestajući u dimu cigarete. Svjetlost se vratila! Ne osjećaš više njegovo prisustvo i ponovo si srećan. Pokušavaš ostati srećan - i znaš da to možeš.

Njoj možeš posvetiti misli sada - uskoro će doći.

Rekla je: "Vidimo se."

Čekaš i znaš da će da dođe. I nije te briga ako ne dođe u dogovoreno vrijeme jer zapravo i niste dogovorili vrijeme. Ona nikada ne može zakasniti, jer ti ne misliš na vrijeme kad je čekaš. Ti misliš samo na nju.

Nju nije briga što kiša pada. Ona čak i voli kada pada i zna da i ti to voliš. Voljeli ste kišu jednom i voljećete je opet. Ona sada može uživati u ljetnoj kiši i ne mora trčati da zadihana stigne u zakazano vrijeme i da objašnjava zašto nije stigla na vrijeme.

Sjeća se, kažeš zadovoljan samom sebi, ona se još uvijek sjeća pjesme koju sam napisao za nju. Ljubavna izjava je najzad pobijedila ružnu riječ. Riječ, kojom sam je povrijedio tako duboko da nije mogla nastaviti život sa mnom, mi se poput bumeranga vratila i porazila me još više nego nju. Paralisala me, držala me zarobljenim u samom sebi više od tri godine. Moj otrovni jezik je tada ponovo probudio sjećanje na nesreću koju je zaboravila; moj pogani jezik je uništio tadašnji optimizam, zamračio budućnost.

Ona se sjeća moje pjesme. Napamet! kažeš sebi još jednom. Ona, pamti! Ali ne ja! Ja sam je zaboravio; ja, nemaran, sam je negdje zagubio. Ja sam zaboravio pjesmu ali ne nju. Zaboravio sam pjesmu ali ne moju uvrjedljivu riječ. Tri godine sam se kažnjavao, bičevao. Tri godine sam postojao bez i jednog dokaza o mom postojanju. Bez ostavljenog traga sam lutao tri godine, lutao bez i jednog pokreta.

Oni, Rija i Nenad

"Shvatih da sam išao odande do ničeg", deklamovala je Rija iznova i tiho ove stihove, istovremeno razmišljajući o sljedećem koraku u svojoj dramatičnoj potrazi.

Osjećala je da joj taj detektivski doživljaj daje onu neophodnu distancu od osjećanja pred zadatkom u koji su njene emocije bile involvirane. Shvatila je da mora uspostaviti čvršću strukturu u svome djelovanju, da mora biti konstantno analitična i observantna sljedeće sate ili možda dane, a pri tome i hrabra i uporna. Shvatila je da sebi ne može dozvoliti da bude kao junakinja svoga romana, koja je ležala i počivala u sofi, obožavana od svoga voljenog nezavisno od toga da li se to dešavalo pri izlasku ili zalasku sunca, jer njena je kosa uvijek bila tako fina, i koja je istovremeno i palila i smirivala.

Sumirala je svoja posljednja dvadeset i četiri sata u nekoliko riječi i izraza: nestanak jednog romana, centralno u životu doktora Vaska, jedno samoubistvo, jedan neupotrebljivi tekst i dva jednako neupotrebljiva stiha. Usmjerila se na nestanak romana i pokušala odlučiti da li je postojao uzrok ili posljedica toga. Da je postojao uzrok onda bi on ležao u nečemu što se njoj ili nekom drugom dogodilo ranije. U svom ponašanju nije vidjela ništa što bi moglo doprinijeti tome što se dogodilo. Dakle pitanje je bilo ko bi ta druga osoba mogla biti. Napisati roman značilo je uspjeh za nju, ukrasti ga bio je znak nečijeg neuspjeha. Uspjeh je posljedica učinjenog, neuspjeh međutim razlog učinjenog. Uspjeh dolazi nakon napisanog romana, neuspjeh prethodi njegovoj krađi, rezonovala je ona.

Pogledala je u svijetlo plavo i vedro nebo i došla do prve premise: njen je roman uzela jedna promašena osoba. Onda je ne bi bilo tako teško naći, pod pretpostavkom da je poznavala, a tako mnogo osoba ona nije poznavala.

Ljudi ostavljaju vidljive tragove iza sebe. Oni se mogu upratiti. Roman ostvalja tragove u ljudskom mozgu, a oni se ne mogu upratiti, mislila je dalje. Bilo je to jednostavno, čak banalno rezonovanje, ali njeno shvatanje je bilo da se demistifikuje a ne mistifikuje slučaj ako čovjek želi da ga riješi.

Rija je osjetila određenu nesigurnost. Znala je da bi trebala iskoristiti svo svoje iskustvo ako stvarno želi riješiti problem, ali je znala da je njeno iskustvo neznatno. Nije znala kako se rješavaju zagonetke ove vrste. Čak ni čitala nije o ovome.

Misli svojom glavom, Rijo! rekla je sebi. Lako je to reći! Ovo je jedna rastrojena glava!

Da primjeni fikciju i mistiku bio je dakle njen jedini izbor, s obzirom na nedostatak iskustva sa ovakvom stvarnošću. Sasvim jednostavno se morala okrenuti mašti koju je neporecivo posjedovala.

Sve u čemu se našla moglo je stvarno biti opasno a ona je bila plašljiva osoba; nije se usudila prijaviti smrt dobrog prijatelja. Ljetna sparina je učinila slabom, iznemoglom. Zbog nedostatka tečnosti osjetila je nesvjesticu a pred očima su joj se pokazale sve moguće boje. Skrenula je zato u prvi restoran da se domogne nečeg osvježavajućeg.

U praznom i hladnom lokalu osjetila se još slabijom kada je ugledala njoj poznato lice. Pokušala je snagom volje zadržati ravnotežu ali nije uspjela nego je pala pravo u ruke osobe koja je sjedila sama za šankom. Srećom svijest joj se brzo vratila pa je sjela na barsku stolicu do njega.

Naručila je limunadu.

Jasno posramljenoj trebalo joj je nekoliko minuta da se usudi susresti čovjekove oči.

Osmjehivao joj se, ali je dugo ćutao prije nego što je iznenada podigao čašu pića i nazdravio neočekivanom susretu.

"Dobro došla, Rija! Iznenađujuće, ali ne i neočekivano!"

Rija je odmah mogla primjetiti da je bio pijan, na njoj simpatičan način na koji je bila jednom naviknuta. On je bio njena prva i velika ljubav - jedna duboka i uzburkana veza koja je trajala godinu i po dana a zatim se prekinula zbog jednog od svih mogućih razloga jedna ljubavna veza može da se prekine. Zato i nije bilo čudno da je na kratko osjetila kajanje zbog svoje brzoplete sumnje da je on mogao biti krivac. Grozničavo je počela razmišljati kako da ga navede na razgovor o njenom aktuelnom polju interesovanja. Nažalost njega je bilo - a ona je to trebala znati - teško bez njegove vlastite volje uloviti u tuđu stvarnost.

Posmatrao je. Činilo joj se kao da je njegov pogled htio pokazati da se ništa nije bilo promijenilo u posljednje tri godine i kao da je njih dvoje, ona i on, moglo nastaviti vezu kao da se ništa nije desilo. Istovremeno se pitala da li je njeno tumačenje izraza njegovih očiju bilo korektno. Pitala se da li je ona jednostavno projektovala svoje želje u njegov pogled; posebno kada je čula o čemu je on pričao, o nečemu sasvim drugom.

Rija je razgledala po slabo osvjetljenom lokalu. Ne računajući njih dvoje i konobara bio je potpuno prazan. Muzika se nije čula, bilo je tiho kao u hramu. Pitala se kako je mogao sjediti na ovako dosadnom mjestu i skoro ga joj je bilo žao. Pitala se da li se samosažaljevao i nije se mogla oduprijeti da ga ne upita šta je radio sve ovo vrijeme otkako su se rastali. Odgovorio joj je da je najviše vremena proveo ovdje, osjećajući se dobro pijući viski.

"Ti ne piješ viski nego pivo", korigovala ga je Rija.

Kada je on izrazio iznenađenje nad svojom pogreškom Rija je iritirana njegovim ironičnim tonom osjetila da je sada bila prava prilika da zaoštri situaciju, da mu ispriča da je njen roman ukraden i da ona treba iskren odgovor na svoje pitanje da li je on u to bio upetljan. Njegovo se lice tada uozbiljilo. U svojoj mladosti strastveni stihotvorac je odgovorio, smireno, ubjedljivo i po svemu sudeći iskreno:

"Znam, Rijo, da ti sada nemaš mnogo vremena na raspolaganju i priznajem da sam, kada sam te vidio prije jedva petnaest minuta, pomislio da si ovdje došla zbog mene ili tačnije rečeno zbog nas. Da ja nisam pao u nesvijest od napetosti samo tebi mogu zahvaliti, pošto si to ti uradila.”

”Da se ti nikada nisi onesvjestio samo meni i možeš zahvaliti”, prekinula ga je osmjehujući se.

”Ali sam brzo uvidio”, nastavio je kao da je i nije čuo, ”da nisi ovdje došla da bi mene srela, što me je neopisivo zaboljelo.”

”Trebam li da vjerujem u to”?

”Da, uvijek sam ti bio iskren.”

”Da, i u dobru i u zlu.”

”Ja te još uvijek volim, Rijo. I još više nego prije. I sve bih učinio da ti pomognem u svakom teškom trenutku. Upravo sada ja ne bih poštedio posljednjeg atoma snage da ti pomognem da nađeš ono što ti je najvažnije, ono što se može nazvati tvojim životnim projektom, za to što ti nisam pokazao razumijevanje kad si ga započela, što me je koštalo ako ne života a ono zdravlja prije tri godine. Istinu budi rečeno, ni dan danas ne znam da li sam živ ili mrtav.

”Ne nosiš jedino ti krivicu za to. A živ si, vjeruj mi.”

”Sjedeći ovdje proveo sam sve ove godine”, nastavio je, i opet kao da je nije čuo, ”pušeći i pijući, noseći tvoju sliku u mislima, liječeći dušu, tražeći odgovor a da i sam nisam znao šta je bilo pitanje.”

”I boreći se sa svojim demonom.”

”I boreći se sa svojim demonom.”

”I?”

”I upravo danas kada sam pomislio da je naša priča završena, ti se iznenada pojavljuješ.”

”Sasvim sam se slučajno našla ovdje. Nisam imala namjeru da ti probudim stara sjećanja, vjeruj mi, Nenade. Tačno je da sam pomislila na tebe nekoliko minuta prije nego što ću ovdje ući ali nisam znala da ću te i sresti. Ovdje nikada nisam ranije bila.”

”Da se to desilo slučajno ne čini stvar boljom.”

”Slučaj je jedini dokaz moje nevinosti.”

”Ali … U redu, sada kada sve o meni znaš, a to je stvarno sve o meni, gledam te pravo u oči, Rijo, i kunem se da ja nemam ništa sa tim što te pogodilo, hoću reći sa nestankom tvoga romana.”

Rija je gledala negdje u neodređeno jedno kratko vrijeme prije nego što je počela da govori:

”Sad sam dobila tvoj odgovor, Nenade. Osjećam olakšanje, posebno poslije napora kome sam se izložila da bi ti postavila jedno ovako neprijatno i direktno pitanje.”

”Žao mi je da ti se to dogodilo, ali te molim da ne donosiš brzoplete zaključke. Jer ako je sve tako kao što si mi rekla, onda ja neman korisnog savjeta da ti dam. Znaš bolje od mene, kada si se već prihvatila tog detektivskog posla, da od sada ni najmanji detalj nije nevažan.”

”To sam već shvatila ali ti ipak zahvaljujem.”

”Ali za čim, ako sve nije tako kao što izgleda, ti tragaš?”

”Sada si ironičan, Nenade.”

”Slučajnost može dokazati da oni koje može biti optužuješ su nevini.”

”Ja vjerujem u slučaj.”

”Rijo, ti si danas književnica, nešto što ja nikada neću biti. Ti imaš tu strast. Ti postaješ čvršća. Ti imaš neophodnu nadarenost. Ti imaš sve što ja nemam. Ali pazi, Rijo! Ne pravi pripovjetku od vlastitiog života! Ne konstruiši zločin ako se nije dogodio, nego rekonstruiši ono u šta si sigurna da se desilo.”

”Moj život je bio i suviše realističan i ti to veoma dobro znaš”, rekla je Rija šapućući.

Nenad je mogao osjetiti gorčinu u njenom glasu.

”Naravno da znam! Znam i da to može biti problem. To ti kažem iz vlastitog iskustva, jer ja sam presjedio ovdje tri godine.”

”Šta tri godine?”

”Da, i sama znaš, tri godine je vrijeme koje je zemljinoj kugli potrebno da tri puta obiđe sunce.”

”Nenade, Nenade, ti tačno znaš šta ja pitam.”

”Znam”, rekao je osmjehujući se.

”Nemoguće je da si ovdje presjedio tri godine.”

”U redu, kada nisam ovdje, spavam u svom malom stanu.”

”Da, ali od čega si živio sve ove godine?”

”Radio sam kao čistač. Zvuči lijepo, zar ne? Ali sam radio pola radnog vremena.”

”U redu, Nenade.”

”Pretpostavljam, Rijo, da ti imaš svoja razmišljanja o mnogim pitanjima koja se tiču tvog problema. Moguće je da su te se i ove misli dotakle, ja mislim na razmišljanje o relaciji između stvarnosti i privida. Cilj mi dakle nije da te ubjedim u nešto drugo ili da pridikujem, nego da ti od sveg srca pomognem, ako ne sa novim mislima a ono da te podsjetim na činjenicu da postoji više svjetlosti koje osvjetljavaju nas i naš mali kraj.”

”Nisam jednostrana. Samo sa jednim okom mogu vidjeti kao ti sa dva. I ne vjeruj da ja ne mogu ovdje cvjetati, ovdje gdje sam samo cvijet u saksiji.”

”Svjetlost koja nam dolazi od pozadi stvara sjenu ispred nas, svetlost koja dolazi prema nama baca sjenu iza nas, svjetlost koja nam dolazi sa jedne strane baca sjenu sa naše druge strane. Ako ćeš da ganjaš sjene, a to će biti tvoj posao u početku, onda je bolje da loviš sjene koje stoje ispred tebe. Budeš li ganjala sjene koje stoje iza tebe bićeš ubrzo ti lovljena. Nenad je najzad završio svoj govor o sjenama.

”Sada si postao veliki mislilac! Filozof!”

”Jedino mi to preostaje, da filozofiram.”

”Je li to jedino što ti je preostalo?”

”Jeste, Rijo.”

”Mislim da ti imaš mnogo više da daš.”

”Šta? Razočarenje?”

”Da, i u tome si veoma dobar.”

”U redu, hajde sada, Rijo! Znam da ne želiš da te pratim, ali si uvijek dobro došla. I znaj da ću da te čekam.”

Nenad je podigao čašu i počeo lagano da pije iz nje. Rija je uočila da je njena desna ruka iz nekog neobjašnjivog razloga bila oslonjena na njegova prsa cijelo vrijeme, kao da se još uvijek bojala da će se onesvijestiti i pasti sa visoke barske stolice, ili kao da je toliko bila usredočena na ono što je Nenad govorio da je nesvjesno pokušavala zadržati barem malu distancu između njih. Ni sama nije mogla odlučiti koje se objašnjenje moglo činiti više razumnim.

Kako god bilo spustila se sa stolice, okrenula polako prema izlaznin vratima - dovoljno je dobila vremena za to jer je Nenad nastavio piti iz pivske čaše i nije je mogao ispratiti pogledom - i posle jedva deset koraka napustila mračnu prostoriju i izašla napolje na zasljepljujuću svjetlost i iritirajuće topli dan.

Da zaštiti oči Rija ih je zatvorila za trenutak. Kad ih je ponovo otvorila, dvoumila se jedno kraće vrijeme. Zatim se okrenula prema ulazu lokala, otvorila vrata i ponovo ušla u njega.

Sebi nije postavljala pitanja. Znala je zašto je to uradila. Znala je šta je to značilo i kuda će to da odvede. Osjećala je da se ne treba brinuti za svoj probuđeni patos. Znala je da je mogla držati sve na distanci. Čak i njega - i posvetiti se svom slučaju bez intervencije nekoga trećeg, posebno sad kada je profesor Vasko bio mrtav. U svakom slučaju njena su se osjećanja za Nenada ponovo probudila i zato je osjetila jaku potrebu da mu to kaže.

Prišavši mu počela je da govori:

"Ne zbog ometajuće i zasljepljujuće svjetlosti, Nenade, nego zbog tvojih riječi i meni dragog glasa vratila sam se u ovu mračnu i dimom ispunjenu prostoriju. Tvoje riječi i glas su me vratili u vrijeme što je prošlo, vrijeme u kome sam se osjetila najsrećnijom posle onog tragičnog što mi se dogodilo i učinilo ovakvom kakva sam danas; vrijeme koje me je učinilo jednako nostalgičnom kao i tebe - kada sam se počela nadati da će sve biti kao ranije, dobivši najljepše komplimente u formi najprimjerenijih poređenja i najljepših metafora. Ne misli da ne pamtim tvoje stihove u kojima se ogledalo naše zajedništvo, zajedništvo koje je dovelo do ljubavi, učvrstilo je. Često i sa zadovoljstvom ih i sada citiram. Sjećam ih se, znam ih napamet.

"Napamet?"

"Da, napamet."

"Oni su bezvrijedni."

"Za mene imaju vrijednost."

"Ako su vrijedni za tebe onda su jednako vrijedni i za cijeli svijet! Tvoja se ocjena računa."

”A ti sa manje nisi zadovoljan”, reče Rija, osjetivši po prvi put posle dužeg vremena osmjeh na licu.

”Baš tako”, reče Nenad nasmijavši se.

”Slušaj me sad!”

Kad se sjetim tvoga lica vidim ga naslikanog u
svitanje.
Tada vidim sve moje sumrake i sva moja
svitanja.
Vidim svice u sumrake, vidim bijele zidove u
svitanja.
Sigurno se sjećaš kako sam stajao na pragu
svoje sobe
(koja je najednom postala tvoja)
i kako si dlanom dotaknula bijeli zid
(jedro broda koji je isključivao svaku pomisao
na brodolom).
Zauvijek će ovako ostati mogao sam tada reći,
naivan da pomislim na promjenu.
Ništa nisam znao, kada sam mislio da sve znam.
Svici i bijeli zidovi. I ništa drugo!

Mislio sam da je to bilo dovoljno za mudrost.
Pomislio sam da je dovoljno ako se samo
smiješ.

Kada se sjetim tvoga lica vidim ga naslikanog
u svjetlosti sunca.
Tada vidim sve što je jednom bio očigledni raj
(i zato ne doživljen kao takav).
Tada sam nostalgičan i sanjam
i u snu se smješim kao novorođenče.
Slažeš li se sa mnom, kada kažem
da te sresti ne želim ako nisi tada i tamo?
Kraj rijeke i mirisne lipe sresti te želim.
Tamo si voljela da te poljubim.
Tamo sam čuo kada si rekla: Smij se, smij!
Kraj mora i spržene trave ti me sresti želiš.
Tamo sam volio poljubljen biti.
Tamo čuh tvoje riječi: Volim te!
(Možda se sjećaš i tada sigurno plačeš).

U zimu kada se sjetim tvoga lica vidim ga
naslikanog u snijegu.
Ko tako danas vidi? Niko!
Ovdje niko!

Tako si bila lijepa naslikana u snijegu!
Sjećam se, mogao sam umrijet te novogodišnje
noći.
I niko ne zna da umirem svake novogodišnje
noći
i ponovo se rađam, kada se sjetim kako si se
smijala, naslikana u snijegu.

Kada vidim tvoje lice vidim ga naslikanog u
mojim školskim danima.
Pamtim miris katrana crnog drvenog poda
(nikad ga volio nisam, a sad čeznem i za njim)
i pamtim debelu učiteljicu koja nas je znala
udariti kada smo pogriješili
(smijem se kad se sjetim školskog druga kako
ljuto psuje za sebe).
Sjećam se starih i novih geografskih karti naše
zemlje
(što je jednom naša zemlja bila)
i osjećam gorčinu zbog istorijske neizbježnosti.

Slutim da možeš
(kao i ja)
biti sretna kad se sjetiš vatrometa

i toplih majskih noći, kiše u avgustu.
Tada lakše dišem
i sjećam se kako si lijepa bila u žutoj kabanici.
Pamtiš li ti?
Ne misli samo na ovdje i sada!
To zahtjeva snagu i hrabrost.
To mi nedostaje (tada sam tih i uplašen),
jer možeš me samo tada i tamo nasmijanog
vidjeti.

”**Nenade, ne samo ti** nego sam i ja vidila one karte koje su kasnije nestale, ali ja želim ići dalje i pitam se da li si i ti na to spreman.”

”Ići dalje mogu samo sa tobom.”

”Ponavljam: uprkos tome što sam kao cvijet iščupan iz rodnog tla a zatim posađen u saksiju mogu još uvijek mirisati, ako još ograničenog dometa …”

”Dva cvijeta iz saksije, jedan uz drugi šire miris nadaleko.”

”Misliš li da si i ti cvijet?”

”Da, mislim. Ja sam cvijet. Ti si cvijetni miris, Rijo. Najbolji što postoji.”

”Šalu na stranu, Nenade, meni je sada potrebno vrijeme. Ja ovo moram da završim.”

”I završićeš, to znam.”

Rija je nježno ali odlučno spustila ruke na Nenadova ramena i rekla:

”Toga, što ti nazivaš sjenama, se ne bojim, Nenade, jer ja sam pobjednik kako god bilo.”

”Za nas nema prepreka, Rijo.”

”To i ja sada vidim. To me čini neopisivo srećnom, ali mi jedno drugo stvoriti ne možemo. Ja sam nešto stvorila i to moram pronaći. Iako bez tebe ne mogu biti srećna, stvaram nešto iz minuta u minutu.”

”To te ja nikada više neću pokušati spriječiti. Imao sam dosta vremena da sam sebe istražim. I zato molim za oproštaj zbog mog otrovnog jezika.”

”To je sada zaboravljeno, a i ja bih trebala moliti za oproštaj”, reče Rija uzevši njegove ruke, ljubeći ih i osjetivši da su i njene ljubljene.

Ljubili su se u tišini lokala.

Zatim se ona pažljivo odmaknula, rekavši:

”Izgubila sam dobrog prijatelja, Nenade, i u svojoj rastrojenosti i tuzi posumnjala da si mi ti ukrao roman.”

”Kada bih mogao plakati javno sada bih zaplakao. Ne poznaješ li me bolje?”

”Nenade, sve što si osjetio dok sam recitovala tvoju pjesmu, ja sada osjećam. Valjda si mogao uvidjeti da sam se odmah pokajala zbog svoje sumnje. Uvidjela sam da te još uvijek volim kada sam ušla ovdje. Da si ovdje sjedio i mislio na mene tri godine, i da sam ja lutala u svom stvaralaštvu i mislila na tebe jednako dugo, govori sve. I znači sve! To razumiješ. I zato … ja sada idem … ali se vidimo. Vidimo se!”

”Čekaću te, Rijo. Čekaću te!”

Rijin predah

Uprkos nepotpunom zadovoljstvu sa onim što je izrazila Nenadu - zbog nemogućnosti da mu da pravu sliku svog trenutnog duševnog stanja - Rija je osjetila određeno olakšanje. Osjetila se u određenoj mjeri utješenom. To nije bila ona vrsta utjehe koja se mogla izraziti riječima: ”život ide dalje”, nego riječima kao: ”život ide dalje i to na bolje”, ili još bolje: ”život ide dalje i sa tim postaje stvarniji, ne samo redukovan na pisanje tekstova.” Istovremeno i baš zbog toga činilo joj se sada kao da njeno pisanje i strast za pisanjem dobiva na smislu, više nego ranije. Sjetila se vremena kada je počela raditi na svom romanu, dok je još bila u vezi sa Nenadom. Sjetila se da je mogla živjeti u punoj mjeri krećući se između obje potrebe, da piše i da voli. I da bude voljena. Možda nije dovoljno cijenila svoj životni stil tada, nego je uvidjela njegovu vrijednost postepeno, tek posle raskida sa Nenadom. Sada joj se taj divni osjećaj vratio.

"Ovaj put sto puta jače!" vrisnula je.

Također je osjetila da se njena zabrinutost, nastala kao posledica nestanka njenog upravo završenog rukopisa, ublažila. Nadala se da njen roman barem nije uništen. Pomisao da bi se mogla poigrati sa stvarnim događajem je izazivala. Na to je pomislila još pri razgovoru sa Nenadom. Čak je osjetila i želju da napiše vlastitu verziju događaja - fragment događaja koji su prethodili danu kada je njeno kniževno djelo bilo ukradeno.

Bila je na putu kući i sve se brže kretala centralnom gradskom ulicom - sama, gladna i euforična - među neobično mnogo prolaznika. Mislila je na doktora Vaska i poželjela tako rado pričati o njemu. Naći zainteresovanog slušaoca bio je međutim skoro nemoguć zadatak. Činilo joj se kao da su ljudi imali više vremena i veću potrebu da čitaju ili gledaju nekoga ili nešto što je bilo stvarnije ali se nalazilo mnogo dalje. Tada su mogli, bez iskrene empatije, izražavati svoja osjećanja i etičke poglede o nesrećnima i povrijeđenima. Nikakvih direktnih kontakata sa nesrećama i nesrećnicima! U tom slučaju bi ih vidjeli samo kao gubitnike.

Rija je više voljela treću alternativu - onu fiktivnu. Da čita i piše. Tada nije bilo potrebno glumiti, pošto se to već podrazumijevalo. Osim toga bilo joj je lakše da se obraća papiru. Papir je strpljiviji, može slušati cijelu vječnost. Ne daje utisak da nešto želi komentarisati. Papir je prisiljavao da sama prozre u napisano. Da više puta napiše izrečeno i da u manjem ili većem stepenu cijeni sve njegove verzije, shvatala je kao sastavni dio svijeta kome je pripadala. Što je jednostavno značilo da su sve priče bile varijacije jedne jedine ljudske priče samo u nju utkane ali još neotkrivene, priče koja je čekala da bude napisana. Papir je mogao navesti da dođe do onog etičnog, ljudskog, fantastično jednostavnog i trajnog … te vječne svjetlosti koju je profesor jednom spomenuo. Zauzeta ovakvim mislima jedva da je i primjetila da je već bila ušla u svoj stan. Kao u snu se podvukla pod sofu, ispružila ruku i dokučila papirni bunt koji je ležao na podu pod njom. Istovremeno sa puštanjem radošću ispunjenog, neartikulisanog glasa uvidjela je da je sve leglo na svoje mjesto. Važnost onog nesvjesnog joj se jasno pokazala. Kada je prije par godina napisala kratku priču o sinu profesora Vaska nije mogla ni sanjati da će ostatak priče sam od sebe da dođe. Ostavila je u ubjeđenju da joj se nikada neće vratiti. Sada joj se mogla ponovo posvetiti. Dugo nije mogla razumjeti zašto nije mogla jednostavno završtiti jednu tako kratku priču. Ali je sada došla do spoznaje da je njena priča u stvari čekala na nešto.

Sjela je za pisaći sto i napisala kraj svog fiktivnog teksta za samo deset minuta.

Da je kasnije razvijem i uglancam neće mi biti teško, pomislila je mirno i nadmoćno.

III

Pošto sam ja *jedno veoma staro a sada i skoro potpuno gluvo ljudsko biće, pretežno sjedim kraj kuhinjskog prozora koji gleda na ulicu. To je moje kino i moje pozorište. Ponekad na kratko zaspim u svojoj komfornoj stolici sa naslonjačima za ruke. To što ja zovem ponekad mora se uzeti sa rezervom, jer ne znam da li je to stvarno samo ponekad ili je to ustvari prilično često. Jedino u šta sam siguran kada se probudim je da nastavim buljiti kroz prozor nadajući se da nisam propustio nešto važno ili interesantno dok sam prispao. Nešto čime bih se mogao zabavljati u mislima u dugim i usamljenim budnim trenucima.*

Obično se i ne događa nešto vrijedno pamćenja pa se moram zadovoljiti malim stvarima a zatim ih razviti u mom svjetu ili, prije da će tako biti, zakomplikovati u mislima. Desi se recimo da neka gospođa ispusti vrećicu sa hranom a onda panično počne kupiti svoje po trotoaru rasute jabuke ili slično. U takvim se prilikama nezaustavljivo smijem promuklog glasa i sjetim kako se to znalo dogoditi mojoj preminuloj supruzi i meni pri odlascima u kupovinu, kad smo bili u spomenute žene dobi.

Skoro se međutim dogodilo nešto neobično. Kojeg dana, ne sjećam se. Je li to bilo početkom ili krajem sedmice, ni toga se ne mogu sjetiti. Ne sjećam se čak ni da li je to bilo prije jednu ili dvije sedmice, ali se sjećam da se desilo. I na to često mislim, kako prije nego što zaspim tako i kada se probudim. Skoro da nikoga nije bilo na ulici, znači moglo je biti kasno popodne, nisam siguran. Ali se sjećam mlade žene koja živi na četvrtom spratu četverospratnice preko puta moje. Sa teško objašnjivom simpatijom običavam je svakodnevno posmatrati, kako, ponekad brzo a ponekad polako, napušta ili se vraća u svoj stan. Ovaj puta išla je prilično polako do obližnje prodavaonice životnih namirnica.

Kratko poslije toga se iznenada pojavio jedan mršav, mladi čovjek - koliko mlad ne mogu procijeniti pošto većina koju posmatram u današnje vrijeme izgleda mlada u mojim starim i bez pigmenta očima - koji je, pošto je munjevito ukucao šifru i otvorio ulazna vrata, utrčao u zgradu. Ne dugo poslije toga istrčao je jednako brzo napolje, držeći u rukama nešto što je izgledalo kao debeli bunt papira. Mladić, ako ga tako mogu nazvati, je brzo nestao u suprotnom pravcu od onoga kojim je ona mlada žena otišla.

Ne možda više od pet minuta kasnije vratila se djevojka, ako je tako mogu nazvati, polako ukucala šifru - i ranije sam primjetio da to tako čini - i ušla u zgradu. Ovako sumnjičav u posljednje vrijeme nastavio sam da gledam prema ulazu sa još većom pažnjom, očekujući da se još nešto dogodi. I bio sam u pravu.

Poslije negog vremena - ne mogu egzaktno reći koliko pošto je moguće da sam na trenutak zaspao uprkos mojoj pažnji - izletjela je mlada žena iz zgrade i uzela prvi autobus koji je naišao nedaleko od njenog ulaza. Kasnije se vratila tako brzo da se nisam uspio prevariti da na kratko zadrijemam, ovaj put taksijem. Kada je izašla iz njega prvo je zastala jedno vrijeme ispred svoje zgrade uprkos kiši a zatim nestala ušavši u zgradu.

Baš bih rado želio znati šta se na kraju desilo sa tom meni veoma dragom i simpatičnom djevojkom. Kakav je to papirni bunt mladić odnio iz njezinog stana? Iskreno govoreći baš bih želio znati i šta se dogodilo sa tim mršavim mldićem. Je li ga ona pronašla? Nikad neću znati. Ili ... ko to zna.

Ja, Rija

Ja sam žrtva rata, izgubila sam oko. Ja sam književnica. Kniževnica sam zato što sam ratna žrtva, zato što mi nedostaje jedno oko. Istina je da pišem za utjehu. Pišem zato što volim da neko čuje moj glas. Ja sam ustvari uvijek voljela da pišem, ali sam ozbiljno počela pisati tek kao žrtva rata.

Ne pričam o mojoj povredi. Ne zato što mislim da postoje književnici invalidi nego zato što se plašim da me takvom označe. Ne vjerujem u to - u književnike invalide.

Ja sam zaljubljena! Ja sam književnica i ponovo sam se zaljubila. Ponovo sam se zaljubila u istu osobu. Pisati i biti zaljubljen čini da nikad ne moram misliti na moju povredu, da sam civilna žrtva rata. Ja sam slobodna! Zaljubljena! Neopisivo sam srećna što sam na putu da sretnem mog dragog koji sjedi opijen i čeka me.

Moj dragi je pomalo staromodan i zato nije površan. On nema moći da piše ali umije da čita kao niko koga sam srela. (Osim jednog starijeg čovjeka kojeg sam poznavala i koji je umro prije neki dan; čija su me smrt i moja zbunjenost - mislila sam da mu je neko oduzeo život, mislila sam da mi je neko ukrao roman, sklona sam bila vidjeti fikciju u stvarnosti - doveli ponovo do mog voljenog. Svojom smrću me je dragi prijatelj doveo do moje ljubavi. Sada znam da ne ispaštam za grijehe drugih.)

Beskrajno sam srećna da sam na putu da sretnem svog voljenog u ovome hladnom kosmosu. Mi ćemo da vratimo toplinu koju nam samo ljubav može dati.

Kada se sretnemo nećemo gledati jedno u drugo; i za nekoga sa strane ćemo da ličimo na dvije sramežljive osobe koje zbog svoga stida nemaju moći da kažu dvije razumne riječi. Ali mi nismo stidljivi, naše ćutanje je plod naše moći da razumijemo jedno drugo, kao što smo mogli jednom - prije dolaska gnjeva. Znam da će osjetiti moj miris i moju toplinu. Znam da ću osjetiti kako njegova mirnoća zrači istovremeno i snagom i slabošću. Sada, na putu da se sretnemo kao ljubavni par, je naša sreća nezaustavljiva, ali za nekoga sa strane ličićemo svakom običnom ljubavnom paru. Mada je to mnogo više - opstanak je ovdje u pitanju, jer za nas neće više biti mjesta za novu ranu. U našem bi slučaju nova rana značila smrt za nas. Ljubav je jedina preživjela kad je sve ostalo umrlo i nestalo. Ljubav je preživjela da bi mi preživjeli.

Da, mi smo preživjeli!

Kada se sretnemo nećemo čeznuti za prošlošću nego ćemo da stvorimo nešto novo. Prošlost će se samo preseliti u novi prostor. Novi prostor će da bude naša budućnost. Za nekoga sa strane će to izgledati kao da mi gradimo očekivano ljubavno gnijezdo. Ne, to će da bude mnogo više od toga - to će da bude jedna ponovo izgrađena zemlja. Jer mi smo značajni! Da, mi smo značajni.

Sada kada pljušti ja ne trčim jer znam da me on strpljivo čeka - ja nikada neću zakasniti. Ne moram doći zadihana i objašnjavati zašto nisam došla u zakazano vrijeme zato što jednostavno i nismo zakazali određeno vrijeme. Biće ljepši osjećaj da objasnim da nisam zadihana jer me nije briga što kiša pada. Voljeli smo je zajedno jednom. I opet ćemo. Da, voljećemo kišu zajedno.

Sada, u lokalu, prokisla i nasmijana, kada mi on nježno miluje kosu, imam neodoljivu potrebu da mu ispričam sve o tome tragičnom i komičnom što mi se dogodilao poslednjih dana. Želim da mu ispričam zato što znam da će da me sluša sa punom pažnjom. Ali ja ne pričam ništa. On razumije sve i zna da ja to znam. On razumije trgikomediju moga života. A i svoga.

"Sada nam ne trebaju bogovi" kaže moj Nenad i osmjehuje se i to ga čini lijepim u mojim očima - posebno lijepim, jer on se smije i osmjehuje rijetko i zato mislim da je njegovo smijanje i osmjehivanje vrijedno.

"Ne trebamo ih niti sada niti u nastavku", dodajem i osmjehujem se i to me čini lijepom u njegovovim očima - posebno lijepom, jer ja se smijem i osmjehujem često i zato on misli da je moje smijanje i osmjehivanje vrijedno.

”Nisu uvijek tamo gdje ih trebamo.”

”Bili su tihi kada sam ih ja trebala.”

”Ali si preživjela.”

”Ali si preživio.”

”To volim!”

”Šta voliš, to što smo preživjeli?”

”Ne, mislim na nešto drugo što kod tebe volim.”

Konobareva sjena klizi preko Nenadovog lica i ističe đavolski sjaj u njegovim očima, sjaj koji bezuslovno razoružava cijelo moje biće.

”Šta je to?”

”Volim kada si bezbožna, draga!”

”Razoružavaš cijelo moje biće!”

”Zato što si takva, draga!”

”Lijepo zvuči u mojim u ušima.!

To sigurno lijepo zvuči i u njegovim ušima.

Sada je restoran skoro prazan. Konobar prigušuje svjetlost i tako nagovještava vrijeme zatvaranja. Ali nas ne požuruje; njegovo tijelo ili dobra sjena njegovog tijela se lagano kreće oko nas.

"Je li to jedino što voliš kod mene", pitam Nenada.

"Ja, mislim da je jedino", odgovara mi rastežući. "Ne, ima još jedna stvar!"

"Samo jedna?"

"Samo jedna."

"I šta bi to moglo biti?"

"Sve."

Slučajnost, ne božija kazna, je dovelo do toga da budem književnica. Ovu misao sada lako mogu da prihvatim. I ona je došla slučajno - ljubav! Rat? Nej, on nije došao slučajno.

Ono što volim je moja vlastita slika njega - Nenada. On je moja stvarna slika. Sve drugo je samo iliuzija. Slučaj ne dozvoljava iluzije. Ne dozvoljava tajne planove. Slučaj je častan! Rat? On ima tajne planove. Slučaj! Moja ljubav je slučaj! Slučaj je ljubav. Drugu perspektivu ne dozvoljavam! I tačka!

"Tačka!"

"Sta si rekla?"

"Volim te. To sam rekla."

”Bezbožna si, znaš!”

”Znam.”

”I tačka.”

____

”I tačka”, kaže ona dok izlaze u toplu, kišnu avgustovsku noć.